la courte échelle

S0-BXV-148

Les éditions de la courte échelle inc.

Chrystine Brouillet

Née en 1958 à Québec, Chrystine Brouillet habite maintenant Montréal et Paris. Elle publie un premier roman en 1982, pour lequel elle reçoit le prix Robert-Cliche.

Chrystine Brouillet est l'un des rares auteurs québécois à faire du roman policier. Elle a d'ailleurs mis en scène un personnage de détective féminin. Comme elle aime la diversité, elle a aussi écrit une saga historique franco-québécoise dont les trois tomes, *Marie LaFlamme, Nouvelle-France* et *La Renarde*, sont devenus des best-sellers en quelques semaines.

En 1985, elle reçoit le prix Alvine-Bélisle qui couronne le meilleur livre jeunesse de l'année pour *Le complot*. En 1991, elle obtient le prix des Clubs de la Livromanie pour *Un jeu dangereux*, en 1992, elle a le prix des Clubs de la Livromagie pour *Le vol du siècle*. Et en 1993, elle remporte le prix du Signet d'Or, catégorie auteur jeunesse, où par vote populaire les jeunes l'ont désignée comme leur auteur préféré. Certains de ses romans sont traduits en chinois et en italien. *Les chevaux enchantés* est le treizième roman qu'elle publie à la courte échelle.

Nathalie Gagnon

Nathalie Gagnon est née à Québec en 1964. Elle a fait des études en musique et en illustration à l'Université Laval, à Québec. Elle enseigne le piano depuis une dizaine d'années. Elle a aussi participé à des expositions d'illustrations.

Elle adore lire, faire du sport et se promener dans la nature, mais elle aime particulièrement son chat Merlin.

Les chevaux enchantés est le troisième roman qu'elle illustre à la courte échelle.

De la même auteure, à la courte échelle

Collection Roman Jeunesse
Le complot
Le caméléon
La montagne Noire
Le Corbeau
Le vol du siècle
Les pirates
Mystères de Chine
Pas d'orchidées pour Miss Andréa!

Collection Roman+
Un jeu dangereux
Une plage trop chaude
Une nuit très longue
Un rendez-vous troublant

Chrystine Brouillet

LES CHEVAUX ENCHANTÉS

Illustrations
de Nathalie Gagnon

la courte échelle

Les éditions de la courte échelle inc.

Les éditions de la courte échelle inc.
5243, boul. Saint-Laurent
Montréal (Québec) H2T 1S4

Conception graphique:
Derome design inc.

Révision des textes:
Jean-Pierre Leroux

Dépôt légal, 3e trimestre 1994
Bibliothèque nationale du Québec

Données de catalogage avant publication (Canada)

Brouillet, Chrystine

   Les chevaux enchantés

   (Roman Jeunesse; RJ51)

   ISBN 2-89021-221-1

   I. Gagnon, Nathalie. II. Titre. III. Collection.

PS8553.R684C43   1994   jC843'.54   C94-940743-7
PS9553.R684C43   1994
PZ23.B76Ch   1994

À Élise Gagnon

Chapitre I
Pégase

— Réveille-toi, Arthur! On est arrivés!

— Je ne dormais pas, a-t-il dit en bâillant. Je réfléchissais.

— Ah? Tu ronfles quand tu réfléchis?

Il n'a pas répondu, s'affairant à récupérer nos bagages.

— Tu n'oublies rien? a demandé mon ami Arthur.

— Mais non!

— Et ça?

Il me montrait mon chapeau. Je l'ai pris sans dire un mot. C'est vrai que j'étais un peu excitée à l'idée de passer quelques jours chez Élise. On allait à l'école ensemble quand on était petites. Elle avait ensuite déménagé à la campagne, car son père élève des chevaux, mais on était restées amies.

Élise a de longs cheveux si blonds, si pâles, qu'ils paraissent blancs. Elle est plus grande que moi, même si on est presque du même âge, et elle adore mon chien Sherlock. Malheureusement, je n'ai pas pu l'emmener avec moi; c'est formellement interdit dans les autobus. Élise, elle, a un très vieux chien, Dagobert. Il dort tout le temps!

J'ai présenté Arthur à Mme Dugas, tandis que M. Dugas rangeait nos bagages dans le coffre de la voiture. Élise et ses parents habitent à vingt minutes de la gare. Leur maison est très jolie et, au loin, on distinguait les écuries.

— On va pouvoir faire de l'équitation? a demandé Arthur.

— Bien sûr! On prend une collation et on part ensuite en promenade.

J'ai mangé une tartine avec de la confiture de fraises des bois, puis je me suis changée dans notre chambre. Quand je suis redescendue, Arthur m'attendait. C'était la première fois qu'il était prêt avant moi! Il avait vraiment hâte de monter à cheval.

L'été précédent, il avait fait de l'équitation dans une colonie de vacances, et il avait adoré ça.

Élise était déjà rendue à l'écurie; elle en sortait en tenant deux chevaux par la bride.

Un tout roux, Picotine, et un brun, Chocolat. Son cheval Mercure les suivait. Elle m'a fait signe de m'approcher de Picotine:

— Tu verras, elle est très gentille, très douce.

J'ai flatté le cou de Picotine en me disant qu'elle était aussi très haute et très grosse. Arthur a grimpé sans problème sur son cheval, mais Élise a dû m'aider à mettre mon pied dans l'étrier. Puis elle a enfourché

Mercure et elle nous a devancés. Chocolat l'a suivie immédiatement.

Picotine, elle, a commencé à manger une fleur séchée. J'ai dit «hue», mais ça n'a pas marché. J'ai donné un petit coup avec la bride; Picotine a avancé. Pour mieux brouter une autre fleur. Élise s'est alors retournée et elle a dit «Picotine» d'un ton ferme.

Mon cheval s'est mis en route. J'aimerais avoir autant d'autorité que mon amie!

On s'est rendus jusqu'à la rivière, où les chevaux ont bu. J'avais l'impression que mes fesses étaient plates comme des galettes. Je ne me suis pas plainte, car Élise et Arthur semblaient ravis de leur promenade. Élise nous a dit qu'on irait encore plus loin la prochaine fois, mais on devait maintenant rentrer, étant donné que son oncle Édouard arrivait de France.

— De France?

— Oui, il vit à Versailles, près de Paris. C'est le frère de maman. Il est jockey.

— Jockey?

— Il monte des chevaux de course. C'est pour cette raison qu'il est venu ici; il y a une course importante à Montréal après-demain. Il y participe avec son cheval Pégase. C'est un cheval fabuleux, a poursuivi Élise. Il a gagné plusieurs courses. Il est très beau, tout blanc.

— Comme Mercure? a dit Arthur.

Élise a souri en caressant la crinière de son cheval:

— Encore plus beau. Sa crinière est gris pâle; on dirait de l'argent! C'est la coqueluche des journalistes sportifs. Mon oncle est très connu en Europe, mais c'est seulement la deuxième fois qu'il vient courir en Amérique.

Picotine avait encore faim au retour, mais elle s'est arrêtée moins souvent.

M. Flamel, l'oncle d'Élise, n'était toujours pas arrivé. Mme Dugas a tenté de rassurer Élise:

— Son vol a été retardé, c'est tout. Je vais téléphoner à l'aéroport.

Elle avait vu juste; l'avion avait quitté Paris deux heures plus tard que prévu.

— Ton père et ton oncle ne devraient plus tarder, a-t-elle dit.

Mais on les a attendus encore une bonne heure. On a pansé les chevaux avec Élise, puis on les a nourris. Évidemment, Picotine avait faim. Arthur a dit «qui se ressemble s'assemble» en parlant de mon appétit, mais c'est faux: Picotine aime les courgettes et le brocoli que je déteste.

On a entendu klaxonner: c'était le camion de M. Dugas qui revenait enfin! Mme Dugas s'est jetée dans les bras de son frère Édouard et Élise l'a imitée. Pendant ce temps, M. Dugas ouvrait les portes du véhicule qui avait servi au transport de Pégase.

Pour l'instant, il ne semblait pas très rapide. Il ne bougeait pas et il regardait droit devant lui en respirant bruyamment.

M. Flamel, l'oncle d'Élise, s'est approché de lui en lui parlant doucement. Pégase a fini par accepter de descendre du camion. Il s'est ébroué en hennissant et un cheval de l'écurie lui a aussitôt répondu.

— C'est Mercure! a dit Élise. Il lui souhaite la bienvenue.

Mme Dugas avait préparé un délicieux repas. Tandis qu'on s'attablait, M. Flamel nous a expliqué qu'il était en retard, car il y avait eu un vol dans un musée.

— Un vol? Où?

— Au musée de Cluny, à Paris. C'est le musée du Moyen-Âge où on conserve les plus belles tapisseries d'autrefois. On a volé une rose en or, des pièces de monnaie et des salades.

— Elles doivent être pourries depuis l'ancien temps!

— Les salades étaient des casques de guerre. La police a établi des barrages routiers et les frontières étaient surveillées. On est restés plus longtemps à l'aéroport, car des agents vérifiaient les inscriptions de tous les passagers et de leurs bagages. Je m'inquiétais pour Pégase, qui était tout seul dans la soute.

— Dans la soute, avec les valises?

— Non, a dit M. Dugas, il y a une section spéciale pour les chevaux et les autres animaux, sinon ils mourraient de froid.

— Il faut que Pégase se repose bien pour être en forme pour la course.

— Toi aussi, oncle Édouard, a dit Élise.

— Avec un cheval comme Pégase, tout est si facile... Il porte bien son nom.

— Pourquoi? a demandé Arthur.

— Pégase était le cheval ailé dans la mythologie grecque, a précisé Élise. Il avait aidé Bellérophon à combattre la Chimère.

— Ce monstre avec une tête de lion, un ventre de chèvre et une queue de dragon? ai-je dit.

Mme Dugas a hoché la tête en apportant

une tarte aux pommes chaude avec de la crème fraîche. Elle a dit que ce sont des demoiselles Tatin qui avaient inventé ce dessert.

— J'aimerais bien les féliciter! a dit Arthur. C'est aussi bon que du chocolat.

Moi, je suis certaine que Picotine aurait adoré ça. J'en ai mangé même si je n'avais plus faim. On s'est couchés tout de suite après. Je me suis endormie super vite, malgré le fait que je me demandais qui pouvait avoir envie de voler des tapisseries dans un musée. Puis j'ai pensé à maman qui aime tant les vieilles choses...

La nuit, j'ai rêvé que je m'envolais jusqu'au ciel avec Picotine qui grignotait un morceau de lune. Elle trouvait que ça goûtait le caramel!

Chapitre II
Le manoir
des Quatre-Chênes

Le lendemain, l'oncle d'Élise nous a proposé une longue promenade. Pégase avait vraiment envie de se dégourdir les pattes. Picotine devait vouloir impressionner l'invité de son écurie, car elle ne s'est pas arrêtée une seule fois en chemin. Elle était peut-être amoureuse de Pégase? Il était si beau!

Élise a proposé qu'on se rende jusqu'au carrefour des Quatre-Chênes. Elle désirait nous montrer le manoir de leur nouveau voisin.

C'était une demeure si vaste, si cossue que les gens du village en parlaient comme d'un château. Le terrain était immense et il y avait une belle écurie.

— Mais il n'y a pas encore de chevaux, a-t-elle précisé. Au village, on dit que M. Lemnir s'installera définitivement après-demain.

— Définitivement?

— Il a acheté le manoir il y a deux ans. Mais il ne venait que quelques jours par mois. Pour «préparer les lieux», disait-il au village. J'espère qu'il nous invitera à visiter sa maison. C'est curieux qu'il ait choisi de vivre là.

— Pourquoi? ai-je demandé.

— Parce que... personne ne voudrait habiter si près des Quatre-Chênes.

— Explique-nous, a dit Arthur, aussi intrigué que moi.

Élise a haussé les épaules:

— C'est une vieille superstition. Autre-fois, on pendait les criminels aux chênes de ce carrefour. Et quand un homme riche a fait construire ce manoir, il est mort deux mois après avoir emménagé. Les gens du village disent que les Quatre-Chênes portent malheur.

— C'est curieux, a dit l'oncle Édouard, car habituellement le chiffre 4 est plutôt bénéfique.

— Comment?

— Il représente l'univers dans sa tota-lité. Pensez-y: il y a quatre saisons, quatre points cardinaux, quatre quartiers de la lune et quatre éléments: le feu, l'eau, la terre, l'air. De plus, le chêne est un arbre qui a toujours symbolisé la force et la sagesse. Moi, je trouve que votre voisin a bien fait de s'installer à ce carrefour! Les dieux le protégeront.

— Tu crois à tous ces signes? a lancé Élise.

L'oncle d'Élise nous a souri:

— Je ne sais pas, mais les mythes sont si jolis... Et quand on a un cheval qui s'appelle Pégase et qui remporte toutes les courses, on croit un peu à la magie, non?

— C'est vrai qu'il ne perd jamais?

— Jamais, a répondu Édouard en caressant le flanc de Pégase. J'ai hâte à demain pour que vous le voyiez à l'oeuvre. Il éclipsera tous ses concurrents.

Élise lui a demandé de nous raconter les courses les plus spectaculaires; Édouard n'en était qu'à la cinquième quand on est revenus à la maison. Il nous avait parlé des courses en Italie, en Allemagne, en France et en Angleterre où on aime beaucoup les chevaux. Il a mangé avec nous, puis il est parti pour l'hippodrome avec Pégase.

Il y a des tas de choses à régler avant une course, nous a expliqué M. Dugas.

Inutile de dire que nous étions très excités quand nous sommes arrivés à l'hippodrome le lendemain après-midi. Édouard est venu nous saluer dans notre loge. Il était un peu nerveux, mais il affirmait que Pégase était en super forme et qu'il nous épaterait tous.

Il régnait une atmosphère frénétique à l'hippodrome. Les gens consultaient sans cesse des carnets, des listes, des tableaux et des journaux avec les noms des chevaux. Ils se regardaient les uns les autres comme pour deviner si le voisin avait fait un meilleur pari qu'eux.

Je préférais regarder la course sans m'inquiéter de savoir si j'allais perdre ou gagner de l'argent.

On a sonné le départ. J'ai croisé les doigts pour que Pégase remporte la course. Il s'est détaché très vite du peloton. M. Flamel avait raison; on aurait dit qu'il volait! Les gens derrière nous s'exclamaient; ils n'avaient jamais vu un cheval courir si vite. J'étais tellement excitée! Même Arthur criait pour encourager Pégase. Il était tout rouge. Élise aussi.

Mais M. Dugas, lui, était si pâle que je lui ai demandé s'il allait bien. Il a froncé les sourcils, m'a tapoté la joue pour me rassurer:

— Moi, oui, a-t-il articulé lentement. Mais pas Pégase...

— Mais il court plus vite que tous les autres chevaux!

— Il ne court pas plus vite, il court *trop* vite.

Je n'ai pas pu lui demander d'explications: Pégase franchissait le premier le fil d'arrivée. J'ai sauté dans les bras d'Élise en criant bravo, mais mon amie s'est figée en regardant son père. Il se mordait les lèvres. Il était visiblement inquiet.

— Papa? Qu'est-ce qu'il y a?

— Je...

On a entendu les résultats de la course: Éclair III remportait la victoire.

— Mais il est arrivé deuxième! a protesté Arthur. Et...

Il n'a pas fini sa phrase. On annonçait que Pégase avait été disqualifié parce qu'il avait été drogué.

— Quoi? s'est exclamée Élise. Ce n'est pas possible!

M. Dugas a hoché la tête. Il l'avait su tout de suite en voyant courir le cheval.

— Je vais voir Édouard! Il y a sûrement une explication.

On n'a pas pu voir M. Flamel immédiatement. On l'a attendu dans le camion. Quand il est enfin sorti de l'hippodrome, il semblait anéanti.

Il était seul.

— Et Pégase?

— Ils le gardent pour faire d'autres tests. Je viendrai le chercher demain.

— Qu'est-ce qui s'est passé? a demandé M. Dugas.

M. Flamel a soupiré:

— Je ne sais pas. Pégase avait passé tous les tests antidopage avec succès. Je ne lui ai jamais donné de drogue! Jamais! Quelqu'un l'a drogué juste avant le départ de la course.

— On te croit, a dit Élise.

— Dès que je l'ai monté, j'ai senti qu'il n'était pas dans son état normal. J'ai eu très peur. Et j'ai encore peur: les enquêteurs n'ont pas semblé croire à mon innocence. C'est toute ma carrière qui est en jeu!

On a gardé le silence jusqu'à la maison. J'aurais bien posé quelques questions, mais je sentais que ce n'était pas le moment. Mme Dugas, qui attendait le vainqueur avec une bouteille de champagne, a vite compris qu'il n'y aurait pas de fête ce soir-là.

Durant le repas, M. Flamel a parlé de la course, mais il n'a rien ajouté à ce qu'il nous avait déjà appris.

— Avez-vous des ennemis? lui ai-je demandé.

— Comme tout le monde. Ni plus, ni moins. On m'envie, bien sûr, mais de là à doper mon cheval et à mettre ma carrière, ma vie même en danger!

— Il faut bien que ce geste serve à quelqu'un, a fait Mme Dugas. Qui a pu vouloir te discréditer ainsi?

M. Flamel s'est passé la main dans les cheveux, l'air très las:

— Je ne sais pas, Béatrice. Vraiment, je ne sais pas.

— Il faut pourtant trouver! ai-je dit. Sinon, c'est vous qu'on accusera.

— C'est déjà fait, ma petite, a fait
M. Flamel.

— C'est injuste, a murmuré Élise. Et
Pégase qui est tout seul à l'hippodrome...
Il doit s'ennuyer, le pauvre!

Mon amie se retenait de pleurer et son
père lui a caressé la joue:

— Ça va s'arranger. Allez vous coucher maintenant, les enfants. Ce sont des
problèmes d'adultes.

Je n'ai pas répliqué, mais dans notre
chambre, j'ai dit à Arthur qu'il fallait
montrer nos talents d'enquêteurs. Il était
bien d'accord avec moi. Élise a pleuré
un petit peu et Arthur lui a donné beaucoup de chocolat pour la réconforter.
J'en ai mangé aussi, mais il me semblait
moins bon qu'hier.

Chapitre III
Une visite au manoir

À notre réveil, Mme Dugas nous a dit que M. Lemnir, le propriétaire du manoir, avait emménagé à l'aube.

— C'est Jocelyne qui m'a appelée du village pour me prévenir. Elle a vu M. Lemnir. Il est très aimable, mais un peu bizarre. Il lui a dit d'inviter tous les enfants du village à venir goûter chez lui aujourd'hui. Il a fait préparer un grand buffet. Vous êtes invités.

J'avais peur qu'il y ait trop de bébés à ce buffet, mais j'avais tellement envie de voir l'intérieur du manoir que j'ai applaudi:

— Super! On va pouvoir tout visiter!

Je me disais aussi que ça distrairait Élise.

Son oncle Édouard était retourné à l'hippodrome pour chercher Pégase. M. Dugas l'avait accompagné; il pensait l'aider à trouver un avocat. Mme Dugas a répété que c'était une bonne idée d'aller aux Quatre-Chênes:

— Vous vous ferez sûrement de nouveaux amis!

Elle a ajouté qu'elle nous reconduirait au manoir avec plaisir.

On a aidé Mme Dugas à jardiner; il y avait des rangs de carottes, de patates, de radis, de fèves jaunes, de concombres et de persil. Mais pas de brocoli, ouf! On a aussi ramassé des petits fruits pour faire des tartes.

Ensuite, on s'est changés parce qu'il paraît que nos vêtements étaient trop sales pour qu'on les garde pour aller chez M. Lemnir. C'est vrai que j'avais mangé une tomate qui avait un peu coulé sur mon tee-shirt. Et la tablette de chocolat d'Arthur avait commencé à fondre dans sa poche.

Mme Dugas a coiffé Élise. Elle lui a fait de jolies tresses. J'aimerais bien avoir les cheveux aussi longs, je suis certaine qu'Olivier Côté aimerait ça.

J'avais mis mon chandail bleu roi. Même Arthur, qui est daltonien, dit qu'il me va bien. Élise a trouvé très drôle qu'Arthur ne voie pas les mêmes couleurs que nous.

Tandis qu'on se rendait chez M. Lemnir, elle lui demandait de nommer les couleurs des arbres ou des maisons qui bordaient la route.

Pour Arthur, les épinettes sont jaunes, les sapins bleus et les maisons grises. La jupe bourgogne d'Élise lui semblait marron. Ça m'amuse toujours, mais Arthur n'a pas l'air de vouloir rigoler. Il nous a fait jurer de ne pas parler de son daltonisme chez M. Lemnir.

Franchement, on avait autre chose à quoi penser!

M. Lemnir était vraiment étonnant! C'était un petit monsieur aux yeux noirs, avec un menton pointu et des joues très rouges. Il portait une longue tunique en velours marine et il avait une manière étrange de parler.

Il nous a répété vingt fois que le ciel le comblait en lui envoyant des enfants aussi beaux que nous, puis il nous a conduits au buffet.

Je n'ai pas regretté d'être venue. Arthur non plus! Il m'a semblé que ses cheveux roux se dressaient sur sa tête quand il a vu les huit gâteaux au chocolat. Élise, elle, avait déjà une limonade à la main. J'ai hésité longtemps entre une meringue et un millefeuille. J'ai finalement choisi les deux.

Tout en grignotant une pâtisserie, j'examinais la maison de M. Lemnir. Il y avait beaucoup de vieilles peintures qui auraient plu à maman.

— Ta mère aimerait ça, a dit Arthur, comme s'il lisait dans mes pensées.

— La tienne aussi. J'aime assez celle

qui est à côté des fenêtres, avec le gros dragon. J'adore les dragons.

M. Lemnir m'a entendue et il s'est approché:

— Vous aimez les dragons, mon enfant? J'en ai connu un qui était très gentil. À la cour du Roi de fer, il m'allumait un feu de cheminée tous les matins pour chauffer la maison.

J'ai souri, même si je ne trouvais pas cette plaisanterie très drôle: pensait-il que j'étais assez bébé pour le croire?

— Aujourd'hui, vous n'auriez pas besoin de dragon. Il fait bien assez chaud.

— C'est la vérité, mon enfant.

— Andréa, je m'appelle Andréa.

— J'ai eu un écuyer qui s'appelait André...

— C'est un homme qui s'occupe de chevaux, non? ai-je dit.

À ces mots, Élise s'est rapprochée. Dès qu'on parle de chevaux, elle tend l'oreille.

— Je n'ai plus d'écuyer. Mon écurie est vide pour l'instant. Mais mes chevaux arriveront demain. Un alezan et un demi-sang.

— Un demi-sang? s'est exclamée Élise. Vous avez de la chance!

— C'est beau, un demi-sang? a demandé Arthur.

Élise nous a regardés comme si on avait dit une énormité:

— C'est un cheval né du croisement d'un pur-sang anglais ou d'un trotteur de Norfolk avec une jument française.

— Vous vous y connaissez, damoiselle, a dit M. Lemnir.

— Je m'appelle Élise, a précisé mon amie.

— Je vous inviterai à voir mes chevaux quand je les aurai tous, chère Élise. J'aime tant avoir la visite des enfants!

Est-ce que le prénom de mon amie est plus facile à retenir que le mien? Je suis retournée manger des gâteaux, tandis qu'É-lise causait équitation avec notre hôte. Près du buffet, une fille et un garçon parlaient de M. Lemnir. Ils disaient qu'il était aussi riche que le président des États-Unis et qu'il ferait construire une piscine derrière l'écurie.

— Vous le connaissez? ai-je demandé.

— Non, mais au village, tout le monde dit qu'il a racheté le château en le payant comptant!

J'aurais aimé avoir plus de détails, mais

personne ne savait d'où venait ce M. Lemnir. Ni pourquoi il aimait les enfants au point de leur offrir autant de gâteaux.

— C'est parce qu'il se sent seul, a dit la fille aux lunettes vertes.

— Il n'a pas d'enfant, ni de femme. J'espère qu'il nous invitera encore, a répondu le garçon.

Moi, je commençais à être un peu écoeurée par tous ces desserts quand Arthur m'a fait signe de venir vers lui. Au lieu de jouer au ballon dans la cour ou au monopoly dans le grand hall, Arthur s'était dirigé vers la bibliothèque:

— Viens voir! Il y a une assiette très bizarre.

Dans une armoire vitrée, au fond de la pièce, trônait une magnifique assiette en argent. En m'approchant, j'ai vu que des incrustations dorées représentaient des chiffres et des lettres étranges.

— Je me demande leur origine, a dit Arthur. Est-ce que ces lettres sont en russe? En grec?

— Et à quoi peut bien servir cette assiette?

— Eh! On dirait qu'il y a un petit tas d'osselets derrière l'assiette.

Arthur avait raison: il y avait une bonne douzaine d'os blancs de diverses formes. J'ai eu un frisson en me demandant d'où ils provenaient.

J'ai sursauté en entendant la voix de M. Lemnir. Il avait une manière de se déplacer qui était aussi silencieuse que celle d'un chat. Il portait d'ailleurs des babouches en feutre bien étranges, très pointues, avec le bout qui retroussait.

— Mon assiette divinatoire vous fascine, mes doux enfants?

— Divinatoire?

— Oui, elle m'est précieuse.

— On peut la voir? On peut voir aussi les os?

M. Lemnir a secoué la tête:

— Pas aujourd'hui: la lune est en Scorpion et Neptune rencontre Pluton. Les astres interdisent qu'on touche à l'assiette. Une autre fois, peut-être.

J'ai vu qu'Arthur trouvait M. Lemnir bien étrange. Mais il l'a tout de même interrogé:

— Et ça, qu'est-ce que ça veut dire?

Arthur montrait un long ruban suspendu au mur où étaient inscrits des mots dans une langue étrangère.

— C'est du latin: «*Lege, lege, relege, ora, labora et invenies.*» Cela veut dire: «Lis, lis, relis, prie, travaille et tu trouveras.»

Ça m'a fait penser à l'école, mais j'ai quand même voulu savoir ce qu'on était censés trouver.

— Mais l'essence de la vie, ma chère enfant.

ANDRÉA. Je m'appelle Andréa, allais-je lui répéter quand une petite fille est tombée. Elle s'est mise à hurler. M. Lemnir lui a jeté un regard furieux, puis il s'est efforcé de sourire en allant s'occuper d'elle.

— Il est bizarre. Il n'arrête pas de dire qu'il aime les enfants, mais j'ai l'impression qu'on le dérange.

— J'aurais bien aimé voir l'assiette de plus près, a fait Arthur. Mais la vitrine est verrouillée.

— Tu veux connaître ton avenir? a demandé Élise. Moi, je voudrais bien savoir si on va découvrir le traître qui a drogué Pégase.

— Je te le jure, ai-je affirmé, tout en me disant qu'on n'avait pas tellement d'indices pour poursuivre une enquête.

Chapitre IV
Un drôle de magicien

En beurrant mes tartines, le lendemain matin, j'écoutais Mme Dugas parler de M. Lemnir. On lui avait dit qu'il appartenait à la noblesse française.

— Il paraît qu'il vient de Bretagne. Mais j'en viens aussi et je n'ai jamais entendu parler de Lemnir dans cette région. C'est curieux.

— M. Lemnir aussi est très curieux, ai-je marmonné.

— Que veux-tu dire?

— Il est très excité, a dit Arthur. Il sautille sans arrêt.

— On dirait un crapaud, ai-je précisé. Et il nous vouvoie. Il parle en faisant de grands gestes comme s'il déclamait un rôle au théâtre.

Élise a protesté:

— Il est très gentil! Je vais aller visiter son écurie. Il va recevoir un demi-sang et un alezan aujourd'hui.

— Les gâteaux étaient très bons, ai-je reconnu. Et la prochaine fois, M. Lemnir sortira peut-être son assiette divinatoire.

Mme Dugas a paru surprise:

— Une assiette qui dit la bonne aventure?

— C'est une assiette avec des lettres tarabiscotées. On ne sait pas comment M. Lemnir procède. Il ne voulait pas nous la montrer de plus près.

— Mais il affirme qu'elle permet de deviner l'avenir.

— Je n'y crois pas, a ajouté Arthur. Mais l'assiette est super belle: elle est en argent et en or! Et j'ai vu aussi des baguettes de sourcier. Et des tas de vieux livres.

— Il ne manquait plus que ça! s'est esclaffé M. Dugas, un magicien! Votre Lemnir m'a l'air un peu cinglé...

— Il est très gentil, a répété Élise. Il s'y connaît en chevaux. Il en a même élevé quand il vivait en Normandie.

— Alors, il est Breton ou Normand? a dit Mme Dugas.

— Ni l'un ni l'autre, il est Parisien. Mais près de Pont-L'Évêque, il avait un haras qui comptait une vingtaine de chevaux!

Pendant que M. Dugas demandait quelles races élevait M. Lemnir, on a entendu arriver un camion. L'oncle d'Élise rentrait de Montréal. Sans Pégase:

— Les experts n'ont pas voulu que je le ramène maintenant. Est-ce que je peux monter Mercure, Élise? J'ai besoin d'aller me promener!

Élise a couru vers l'écurie et elle a ramené Mercure. Son oncle l'a enfourché aussitôt.

Mme Dugas a paru inquiète.

— J'ai l'impression que les choses ne s'arrangent pas. Mon petit frère avait l'air bien tendu.

Elle avait raison: quand M. Flamel est revenu, il s'est laissé tomber sur une chaise, harassé.

Il nous a expliqué que les enquêteurs ne croyaient pas à son innocence et que son avocat lui avait dit que la destruction du film lui nuisait beaucoup.

— Quel film? ai-je demandé.

— On enregistre toutes les séquences de la course. Du départ à l'arrivée. Et même avant le départ. Dans le cas de Pégase, la cassette précédant le départ a été brûlée. Les enquêteurs croient que c'est moi qui

ai détruit la copie pour faire disparaître les preuves.

— Les preuves?

— Si j'avais drogué Pégase, on m'aurait surpris en train de lui injecter un produit juste avant le départ de la course. Je donnerais n'importe quoi pour avoir vu cette maudite cassette! Je saurais qui est le salaud qui veut ma peau!

Mme Dugas a posé ses mains sur les é-paules de son frère pour le calmer, mais M. Flamel était lancé:

— J'ai beau répéter que Pégase n'a jamais eu besoin de drogue pour remporter des courses, personne ne me croit. Car personne n'a vu d'étranger entrer dans le *box* de Pégase avant le départ. Tous les té-moignages concordent: on n'a vu que moi. Moi, moi, et encore moi!

— Ou on a vu quelqu'un qui vous res-semble terriblement, ai-je dit.

M. Flamel a soupiré: on ne pourrait ja-mais prouver que son sosie s'était intro-duit dans le *box* pour droguer Pégase. D'ailleurs, Pégase se serait sûrement re-biffé.

— Sauf si cette personne connaît bien les chevaux, a dit M. Dugas. Il faut cher-cher parmi tes collègues, ceux qui t'en-tourent.

— Ce n'est pas facile, on m'a interdit de revenir à l'hippodrome tant que l'en-quête n'est pas close.

— Et ton avocat? a dit Mme Dugas. Il

faut qu'il se démène! Et nous? On peut encore y aller, à l'hippodrome! Nous allons t'aider, Édouard, je te le promets!

— Changeons plutôt de sujet, a suggéré M. Flamel. Parlez-moi donc de votre nouveau voisin.

On a décrit M. Lemnir et sa maison, les desserts, la baguette de sourcier et la belle assiette d'argent. Puis Élise a ajouté qu'il avait élevé des chevaux. M. Flamel l'a bombardée de questions. Il avait la passion des chevaux autant qu'Élise. Moi, je préfère mon chien Sherlock, même si je commence à aimer Picotine.

Élise nous proposait d'ailleurs une promenade quand le téléphone a sonné.

— C'est pour toi, a dit M. Dugas en tendant l'appareil à M. Flamel.

Ce dernier a froncé les sourcils avant de s'exclamer et de répéter «non, non, non» de plus en plus fort. Il a conclu en disant «vous êtes fou, ne rappelez plus jamais». Et il a raccroché violemment.

— C'était une charogne! a-t-il grondé. Un type qui voulait racheter Pégase. Il m'a dit qu'il ne valait plus rien sur le marché maintenant qu'on savait qu'il était drogué. Il était prêt à m'en offrir un bon prix.

— Quoi? Vendre Pégase?

— Je ne m'en séparerai jamais! Et je prouverai qu'il a été drogué à mon insu!

— Vous pourriez reconnaître la voix de cet homme? ai-je demandé.

— Je crois... Pourquoi? Ah! Je comprends! Je suis un idiot!

M. Dugas et Arthur m'ont regardée en même temps. Ils avaient pensé à la même chose que moi: l'homme qui avait téléphoné était peut-être celui qui avait drogué Pégase. En agissant ainsi, il ruinait la carrière de M. Flamel, qui voudrait peut-être vendre Pégase.

Le téléphone a sonné de nouveau. On a tous sursauté, puis M. Dugas a répondu d'une voix très avenante. Devant son évidente déception, on a compris que ce n'était pas «l'acheteur» qui rappelait, mais M. Lemnir.

Il nous invitait à venir chez lui voir ses nouveaux chevaux. Élise a d'abord refusé, mais son oncle lui a dit qu'il ne resterait pas à la campagne:

— Je dois retourner à Montréal. Pense plutôt à te distraire avec tes amis. Vous ne pouvez m'être d'aucune utilité...

Il ne nous connaissait pas! Élise lui a dit que nous avions déjà mené des enquêtes avec beaucoup de succès:

— Andréa fait des entrevues pour *Le Sherlock* et elle s'introduit ainsi chez les suspects. Arthur prend les photos.

M. Flamel a demandé ce qu'était *Le Sherlock*.

Quand il a su qu'il s'agissait du journal de l'école, il a souri franchement. Il a dit qu'on était très mignons... et un peu jeunes pour jouer les limiers.

Il était aimable, mais il m'énervait! J'allais lui dire que ce n'est pas moi qui aurais rabroué si vite un suspect au téléphone, quand M. Flamel a proposé de nous déposer chez M. Lemnir:

— Comme je dois retourner à Montréal, je vous laisserai en passant.

Je crois que l'oncle d'Élise avait très envie de voir de plus près le manoir de M. Lemnir. Et ses chevaux.

Mme Dugas a rappelé M. Lemnir pour le prévenir de notre arrivée.

— J'espère qu'on pourra mieux voir l'assiette, m'a glissé Arthur à l'oreille.

— On fera peut-être d'autres découvertes. Hier, bien des pièces étaient fermées, car il y avait trop de petits enfants. Mais aujourd'hui?

Chapitre V
L'assiette en or

M. Lemnir nous a accueillis en souriant de toutes ses dents, mais j'aurais juré qu'il était déçu qu'Arthur et moi accompagnions Élise.

Il nous a entraînés à l'écurie où deux chevaux semblaient déboussolés dans leur nouvelle demeure. Ils n'avaient pas à se plaindre: l'écurie était très grande et il y avait des montagnes de bottes de foin. Hélas, on n'a pas très bien vu les couleurs des bêtes, car M. Lemnir ne voulait pas ouvrir toute grande la porte de l'écurie.

— Les chevaux sont un peu nerveux, je préfère les laisser quelque temps dans la pénombre.

J'ai quand même pu distinguer des taches brunes sur l'alezan et la robe grise du demi-sang. Arthur devait donc croire que ce cheval était vert.

— Mon oncle a un pur-sang, a dit Élise. Il s'appelle Pégase.

— Pégase? s'est exclamé M. Lemnir. N'est-ce pas le cheval qui a couru avant-hier et qui...? Pardon, je ne voulais pas...

— Ne vous excusez pas, l'a interrompu Élise d'un ton très fier. Mon oncle est innocent. On saura bientôt qui a drogué Pégase avant le départ de la course.

— Que voulez-vous dire, ma douce?

— Que mon oncle aura un très bon avocat. Vous pourriez peut-être me révéler qui est le coupable?

On traversait la cour en plein soleil et j'ai très bien vu l'expression stupéfaite de M. Lemnir:

— Que... quoi?

— Avec votre assiette divinatoire!

M. Lemnir a paru se détendre:

— Mais je n'aime pas utiliser inconsidérément cette assiette. Vous êtes des profanes. Je ne dois pas gaspiller les énergies. Et je ne suis pas très doué.

— Ne soyez pas trop modeste, a dit Arthur.

M. Lemnir s'est énervé:

— Et vous, freinez votre impatience, damoiseau.

— Je m'appelle Arthur, pas Damoiseau!

M. Lemnir a souri, puis il a claironné:

— Que diriez-vous d'une bonne limonade?

J'étais ravie d'avoir l'occasion d'entrer de nouveau chez M. Lemnir. J'ai pris prétexte d'aller l'aider pour le rejoindre dans la cuisine. Il a sursauté quand j'ai poussé la porte et il a failli laisser tomber le pichet de limonade.

— Excusez-moi, je voulais juste vous aider. Votre cuisine est très grande! Et cet escalier? Où mène-t-il?

— Au donjon, a fait M. Lemnir en riant. J'y enferme mon dragon.

Décidément, son sens de l'humour était douteux, mais j'ai compris qu'il me trouvait indiscrète.

Maman me dit souvent que je suis trop curieuse. Elle a peut-être raison, mais je ne peux pas m'empêcher de poser des questions. La vie serait trop ennuyeuse sans ça! J'avais aussi envie de demander à M. Lemnir pourquoi il regardait sans cesse les tresses blondes d'Élise, mais je suis certaine qu'il n'aurait pas répondu...

M. Lemnir m'a fait signe de le devancer vers le salon où nous attendaient Arthur et Élise. Arthur a bu son verre de limonade d'un trait, puis il a demandé à M. Lemnir s'il pouvait voir de plus près son assiette.

M. Lemnir a commencé par dire que l'assiette valait très cher et qu'il ne fallait pas l'abîmer. Mais comme Arthur insistait, il nous a emmenés dans la bibliothèque. Il a ouvert la vitrine et il a pris la grande assiette.

L'assiette devait être très lourde, car elle était épaisse. Les bords étaient gravés de motifs étranges. Douze profondes rainures divisaient l'assiette comme des parts de gâteau. Mais les lettres dorées attiraient toute mon attention.

— On dirait de l'or, ai-je murmuré.

— Mais *c'est* de l'or...

M. Lemnir devait être encore plus riche qu'on ne le pensait pour avoir une assiette en or!

— Et les os? a demandé Arthur.

— On les jette dans l'assiette de l'univers pour connaître son destin.

— Et ça marche?

M. Lemnir a eu un petit hoquet et allait répondre quand je me suis exclamée: il y avait une boule de cristal au fond de l'armoire!

— Est-ce une vraie?

M. Lemnir a soupiré, puis il a sorti la boule de cristal que j'avais aperçue:

— Il faut me jurer de ne rien dire à quiconque. Les hommes ne comprennent pas ma quête de la vérité. Un jour viendra où les ténèbres se dissiperont. Mais aujourd'hui, il faut être vigilant dans la recherche du Grand Oeuvre. Je réussirai à apprivoiser les forces spirituelles comme je le souhaite, et ceux qui se sont moqués de moi verront de quoi je suis capable!

— Vous voyez l'avenir dans votre boule? s'est enquise Élise d'une petite voix.

— Je l'utilise surtout pour recueillir les fluides énergétiques.

— Les quoi? a fait Arthur.

— L'énergie! s'est écrié M. Lemnir. Je n'ai pas choisi ce manoir sans raison! Les Quatre-Chênes m'apportent déjà l'énergie terrestre. Mais il faut plus pour réussir le Grand Oeuvre et je dois réunir ici...

Il s'est interrompu et nous a fait un clin d'oeil:

— Je dois réunir ici ceux qui se passionnent aussi pour le transfert des fluides énergétiques et pour les forces de la cosmogonie.

J'aurais aimé qu'il précise ce qu'était cette fameuse cosmogonie, mais Élise a demandé à M. Lemnir de lui prédire un petit bout de son avenir. Il a refusé en affirmant qu'il s'y connaissait mal.

— Je pourrais interroger l'assiette ou la boule de cristal, a-t-il proposé.

Élise l'a remercié. Il lui a fait signe de le suivre et il l'a entraînée au fond de la pièce sans nous regarder! Quel prétentieux!

Il employait peut-être de grands mots, mais il répétait toujours la même chose. Je me suis dirigée vers la porte d'entrée d'un pas rapide. Arthur m'a suivie.

Et nous avons attendu Élise, qui restait sur le pas de la porte à discuter avec M. Lemnir.

— Qu'est-ce qu'il peut bien lui raconter? a demandé Arthur. On dirait qu'il n'y a qu'elle qui compte.

— Je sais qu'on ne comprend rien aux chevaux, mais on n'est pas si inintéressants! En tout cas, moi, je te trouve super intelligent.

— Moi aussi, Andréa! Veux-tu du chocolat?

J'ai accepté avec plaisir. Je croquais une noisette quand Élise nous a enfin rejoints.

— Que voulait-il?

Élise avait un air radieux:

— Il m'a dit que je serais une championne olympique d'équitation! Il a eu une vision alors que je me levais. Il m'a vue sauter sur un cheval blanc et remporter une médaille d'or. C'est super fantastique!

J'ai regardé Arthur. Devions-nous dire à Élise qu'elle était un peu trop naïve? Il a secoué la tête discrètement. Elle s'en rendrait compte bien assez vite.

Ou trop tard...

Pendant notre balade à cheval sur le chemin du retour, Élise ne cessait de répéter à Mercure qu'ils deviendraient des champions. Cependant, elle n'a pas osé en parler au repas devant ses parents.

Je suppose qu'elle a rêvé qu'on lui remettait une médaille et qu'elle était célèbre dans le monde entier...

Chapitre VI
Un réveil brutal

C'est un cri de détresse d'Élise qui nous a réveillés, Arthur et moi. J'ai failli débouler les escaliers tant je suis descendue rapidement.

La porte qui donne sur la cour était grande ouverte. Les parents d'Élise l'avaient déjà retrouvée à l'écurie. Élise pleurait si fort que je l'entendais de la cuisine. Je suis sortie en courant.

— Que se passe-t-il?

— Mercure a disparu! a répondu M. Dugas.

— Disparu? Mais comment?

— Élise est venue le réveiller comme tous les matins. Elle a trouvé sa stalle vide! La porte de l'écurie était grande ouverte! Et notre vieux Dagobert qui ronflait. Drogué...

— Drogué? Comme Pégase? a dit Arthur qui nous rejoignait.

— Tu as raison, me suis-je exclamée.

Ça doit être le même criminel qui a drogué les deux bêtes.

— Mais pourquoi? a gémi Élise.

M. Dugas a saisi Élise par les épaules:

— Ne t'inquiète pas, ton Mercure ne

doit pas être très loin. Andréa et Arthur ont sûrement raison: l'homme qui a endormi Dagobert pour voler Mercure est probablement celui qui a drogué Pégase. Il lui fallait avoir le champ libre pour le voler. Dagobert est bien vieux, mais il aurait jappé quand le criminel s'est approché de l'écurie.

— Mais pourquoi? s'est écriée Élise. Pourquoi me prendre mon Mercure?

— Parce qu'il ressemble à Pégase, ai-je dit. *Primo*, on drogue Pégase. *Secundo*, on offre à ton oncle de le racheter. Il refuse. *Tertio*, on le vole.

— *Quarto*, on arrête le criminel! a dit Arthur.

— Signalons tout de suite cette disparition aux policiers, a dit Mme Dugas.

Elle est allée téléphoner. M. Dugas a fait le tour de l'écurie pour voir si tous ses chevaux allaient bien, puis on est rentrés dans la maison.

Arthur a rappelé que le voleur connaissait sûrement très bien les chevaux pour pouvoir s'en approcher si aisément:

— Ton père l'a déjà fait remarquer: l'inconnu sait comment parler aux bêtes sans les effaroucher.

— C'est quelqu'un qui doit travailler dans le même milieu que ton oncle! ai-je avancé.

— Quelqu'un qui le connaît et qui l'envie? a murmuré Élise.

M. Dugas nous a écoutés avec attention avant d'annoncer qu'il irait à Montréal:

— Je dois rapporter tout cela à l'avocat d'Édouard. Vos hypothèses me semblent très plausibles, les enfants. Il faut que j'en parle maintenant.

Mme Dugas nous a prévenus que les policiers arriveraient bientôt:

— Pars avant eux, sinon ils vont te garder pour te poser des questions. Et moi, je sais que tu ronflais à côté de moi et que tu n'as rien entendu. Ce n'est pas la peine que tu restes...

— Je ronflais? a dit M. Dugas d'un air étonné. Je ronfle rarement...

Mme Dugas a pouffé de rire, puis elle a dit à son mari qu'il ferait mieux de se raser avant de s'en aller. Elle lui a passé la main dans le dos et ça m'a fait tout drôle. Je n'ai jamais vu maman faire ça à papa, j'étais trop petite quand ils se sont séparés. Ils sont très copains maintenant, mais ils ne sont pas amoureux. J'ai envié Élise, même si elle avait perdu son cheval. Arthur m'a secoué le bras:

— À quoi tu penses?

— À... as-tu du chocolat?

Mon ami m'a regardée avec un drôle d'air, puis il a fouillé dans ses poches. Le morceau de chocolat était un peu écrasé, mais je l'ai pris en souriant. Ce qui est bien avec Arthur, c'est qu'on n'a pas toujours besoin de tout expliquer! C'est un super ami!

— Pensez-vous qu'on va retrouver Mercure? a dit Élise.

— Sûrement! a fait Arthur. Je suis habitué à retrouver ce que perd Andréa.

J'allais l'étriper, mais Mme Dugas nous a suggéré de manger nos croissants avant que les policiers sonnent à la porte.

— Je n'ai pas faim, a geint Élise.

— Il faut te nourrir, a dit Mme Dugas. Je suis certaine que ton Mercure s'ennuie de toi, mais il mange tout de même pour avoir des forces et venir te retrouver.

— Tu crois?

— C'est certain, ai-je affirmé. N'as-tu pas dit que le cheval est l'animal le plus intelligent? Mercure sait sûrement qu'on le cherche.

Élise a rompu le bout de son croissant et elle l'a trempé dans son lait aux amandes. J'ai essayé de la distraire en lui rappelant nos aventures à l'école quand nous étions petites, mais elle ne m'écoutait pas. Il est vrai que si on volait Sherlock, je serais très malheureuse.

Les policiers étaient... une policière, Ghislaine Métivier. Elle nous a expliqué qu'il y avait eu un grave accident de la route tôt le matin et que son collègue de travail aidait les blessés. Mme Dugas s'est excusée de déranger la police pour une simple disparition:

— Je sais que notre drame n'est pas tragique à côté d'un accident d'auto, mais Mercure est le meilleur ami d'Élise. Il a été volé ce matin.

— Il ne se serait pas enfui? a demandé Ghislaine.

— Jamais! a affirmé Élise. Jamais!

— Avez-vous téléphoné à vos voisins pour leur demander s'ils avaient vu votre cheval?

Mme Dugas a rougi:

— Je... je n'y ai pas pensé. Nous étions si bouleversés! Mais nous n'avons qu'un voisin immédiat, Paul Théberge. Plus loin, au carrefour, il y a le nouveau propriétaire du manoir, M. Lemnir, mais on ne le connaît pas.

— Théberge et Lemnir possèdent des chevaux? Ou une étable, une écurie où ils auraient pu cacher votre bête?

— Oui, tous les deux.

— Bon, je vais aller faire un tour chez eux. Décrivez-moi votre cheval.

Élise a expliqué comment Mercure était beau, grand, gentil, intelligent, fort, et tout blanc avec une crinière blonde.

— Comme Pégase, ai-je dit.

Pégase?

Mme Dugas. Pégase est le cheval C'est probablement Pégase qu'on mais on a pris Mercure à sa place.

Ghislaine a soupiré et elle a den qu'on lui raconte tout calmement. J'ai vancé Mme Dugas et fait part de nos suppositions:

— Mercure est un très beau cheval, mais Pégase, qui est blanc lui aussi, aurait dû se trouver à l'écurie au lieu d'être à Montréal. Et Pégase est un pur-sang arabe qui vaut beaucoup plus cher que Mercure.

— Dans l'obscurité de la nuit, a conclu

Arthur, le voleur n'a pas vu son erreur.

Ghislaine nous a demandé si nous voulions devenir détectives. J'ai rougi de plaisir. Enfin, on reconnaissait nos capacités.

— Ça prouve que M. Flamel est innocent, a expliqué Arthur. Il n'aurait pas volé le cheval d'Élise!

— Ça ne nous dit pas où est Mercure! a marmonné Élise.

— Je vais aller immédiatement chez vos voisins et vous rappeler dès que je serai au poste de police. Faites-moi signe s'il y a du nouveau.

Ghislaine nous a salués en nous regardant droit dans les yeux. Elle donnait une impression de force très rassurante. Même Élise était un peu plus calme après son départ. J'espère que je ressemblerai un peu à cette femme quand je serai vieille. Et à maman, aussi. Et à tante Marie.

Chapitre VII
Que se passe-t-il au musée?

Les policiers ont dû s'arracher les cheveux ce jour-là! Ghislaine était partie depuis cinq minutes quand on a entendu à la radio qu'un vol avait été perpétré dans le

briole le musée Dartmond après avoir assommé le gardien.

— Je me demande bien qui a pu avoir une idée aussi saugrenue, a dit Mme Dugas.

— Pourquoi?

— Ce musée est un musée de bêtes à cornes. On y trouve toutes les cornes de toutes les bêtes du monde. C'est un original, Henry Dartmond, qui a fondé ce musée. Il avait été un grand chasseur et j'imagine qu'il voulait montrer ses trophées.

— Quelle horreur! s'est exclamée Élise.

— Il y a des cornes de taureaux, de chèvres, de vaches, ainsi que de mouflons, de cerfs, de bisons, de yacks. Je suppose qu'on n'a pas volé les cornes, mais les objets en corne.

Comme elle terminait sa phrase, l'animateur radio a précisé qu'on avait subtilisé les cornes des mammifères, mais qu'on avait dédaigné les peignes, bijoux et autres accessoires en corne.

— Je n'y comprends absolument rien! a dit Mme Dugas.

Il se passait décidément de drôles de choses dans cette région!

Le téléphone a sonné et Mme Dugas s'est précipitée pour répondre. C'était bien son mari qui l'appelait, comme elle l'espérait, mais les dernières nouvelles n'étaient pas bonnes...

M. Flamel était à l'hôpital. Une voiture l'avait *volontairement* renversé alors qu'il se rendait à l'hippodrome. Il avait deux côtes fêlées, ainsi que le poignet droit.

Mme Dugas était très pâle lorsqu'elle a raccroché. Et Élise avait les yeux pleins d'eau. C'est Arthur qui a rompu le silence en disant que cette agression prouvait clairement l'innocence de M. Flamel.

— Les enquêteurs de la fédération d'équitation vont être obligés de chercher maintenant le vrai coupable.

Les propos d'Arthur ont tiré Mme Dugas de sa torpeur:

— Tu as raison, Arthur. Je dois aller à Montréal porter certaines choses à Édouard, mais je vais téléphoner à Diane Théberge pour lui dire que vous venez chez elle.

— Pourquoi?

— Je ne veux pas vous laisser seuls ici, a dit Mme Dugas, d'un ton qui excluait ~~toute discussion.~~

pas des bebes et qu'on pouvait se gar der ensemble, mais je me suis tue. Heureusement pour nous, Diane était absente. Mme Dugas avait l'air si contrariée qu'Élise lui a dit de partir quand même:

— Il ne peut rien nous arriver. C'est à mon oncle qu'on a voulu s'en prendre. Pas à nous. Et s'il y a un problème, je suis certaine que M. Lemnir acceptera de nous aider. Il est si gentil!

Mme Dugas hésitait, alors j'ai approuvé Élise, même si je n'aime pas M. Lemnir autant qu'elle. Mme Dugas a dit qu'elle rentrerait tôt et nous téléphonerait de l'hôpital. Puis elle est montée à l'étage, a préparé une petite valise pour M. Flamel et nous a fait un million de recommandations.

Exactement les mêmes que celles que me fait maman quand elle s'absente quelques heures. Ne pas oublier de fermer les feux de la cuisinière, ne pas aller me balader seule, ne pas conduire une bicyclette dans le sens inverse des voitures. Et ne pas ouvrir la porte à un inconnu.

Ne pas suivre un inconnu. Ne pas parler à un inconnu. Ne pas commander de grande pizza. Ne pas donner de caramel au chien. Ne pas mettre trop de savon dans le lave-vaisselle. Ne pas regarder la télévision toute la journée.

Toutefois, Mme Dugas a oublié de nous dire de ne pas nous coucher trop tard, mais il était juste midi. Et de mettre de l'ordre dans nos chambres, mais elle était très pressée.

Elle a appelé M. Lemnir pour lui expliquer la situation, ainsi que la boulangère du village avec qui elle est amie. Elle a recopié leurs numéros de téléphone, puis celui de l'hôpital. Et elle est partie.

La maison paraissait vide tout à coup. J'aurais bien proposé une balade à cheval, mais je doutais qu'Élise accepte de monter une autre bête que Mercure.

On a regardé un vieux film, *L'étalon noir*, qu'Élise a vu une bonne centaine de fois, puis on est allés nourrir les chevaux. Picotine avait l'air contente que je lui aie apporté un bout de chocolat. J'aurais bien

aimé qu'elle puisse me dire qui avait volé Mercure!

J'ai cherché des indices avec Arthur dans l'écurie, mais il n'y avait pas de traces de pas à cause de la paille. Et on n'a rien trouvé autour de la stalle de Mercure. J'étais un peu découragée, car ce n'était pas facile de mener une enquête dans ces conditions!

En soupirant, j'ai donné du foin à Duchesse, une jument qui ressemble à Anne-Stéphanie Dubois-Barbancourt. Elles ont la même crinière noire de jais, mais Duchesse est beaucoup plus gentille.

On a un peu jardiné pour faire une surprise à Mme Dugas, puis on a regardé un film d'horreur. Ma mère aurait trouvé épouvantable qu'on passe la journée à l'intérieur au lieu de profiter du beau soleil. Nous, on espérait que le film distrairait Élise; elle avait pleuré chaque fois qu'elle avait regardé la stalle de Mercure.

Le film racontait l'histoire d'un monstre qui tuait des filles le soir de l'Halloween. Il était si fort qu'il pouvait leur dévisser la tête d'une seule main.

Le jour, il avait l'air d'un étudiant normal; à la cafétéria, il mettait une potion secrète dans le jus d'orange de ses futures victimes. Ainsi, il était certain qu'elles dormaient profondément quand il venait les enlever pour les tuer.

Élise s'est remise à pleurer: et si on avait fait la même chose à Mercure? S'il était mort?

— À quoi ça servirait de le tuer? a demandé Arthur.

Élise l'a regardé d'un air perplexe:

— À quoi ça sert de tuer les filles dans

Tout ce qu'il voulait, c'était rassurer Élise. Il a dit que les crimes du film servaient à faire peur aux enfants.

— C'est raté, a marmonné Élise. Je n'ai même pas eu peur. J'ai trop de peine! Le

bandit aurait dû m'enlever en même temps qu'il a volé Mercure!

— Il va sûrement relâcher Mercure, ai-je dit, puisque ce n'est pas le bon cheval.

— C'est un très bon cheval, a rétorqué Élise. Le meilleur! Il vaut tous les Pégase du monde! C'est mon cheval!

— C'était une façon de parler, ai-je fait.

— C'est une drôle de façon, a dit Élise.

J'aurais répliqué si le téléphone n'avait pas sonné: c'était Mme Dugas. Elle nous annonçait qu'elle devait rester à Montréal près de son frère pour la nuit.

— Et papa? a dit Élise.

Puis elle a crié:

— Quoi? Quoi?

— Que se passe-t-il? a demandé Arthur.

Élise a froncé les sourcils, puis elle a fait «oh» et «ah» et «non». Ensuite, elle a rassuré sa mère: Mme Dugas n'avait pas à s'inquiéter pour nous, on allait manger une super salade et se coucher de bonne heure.

— C'est Pégase! Il a disparu!

— Quoi?

— On l'a volé, comme Mercure. Étant donné que mon oncle est à l'hôpital, c'est papa qui doit rencontrer les policiers au sujet de Pégase. Maman a dit qu'elle avait appelé Ghislaine Métivier pour lui parler de cette disparition. Et lui apprendre que nous sommes seuls ce soir. Nous pouvons l'appeler au poste de police si nous avons besoin d'elle.

— Élise! a dit Arthur, Andréa a raison: on va te rendre Mercure, puisqu'on a réussi à voler Pégase.

— Non, parce qu'on a volé un autre cheval en même temps que Pégase.

volé le cheval des Théberge. Pauvre Sébastien, il doit être aussi triste que moi!

— C'est un de tes amis?

Élise a secoué la tête:

— Non, je l'ai rencontré pour la première fois chez M. Lemnir. On a parlé de chevaux. Il m'a dit qu'il y en avait un à leur ferme. Tout blanc, comme Mercure...

Chapitre VIII
L'enquête

— Pégase aussi est blanc! me suis-je
exclamée. Ces trois chevaux sont blancs!

— C'est vrai! s'est écriée Élise. Si j'a-
vais su, j'aurais teint Mercure en noir. Je

Après avoir parlé à Ghislaine, Élise a
fouillé dans le réfrigérateur. Elle s'est fait
un super sandwich mayonnaise-laitue-
tomates-concombres-fromage-jambon-
laitue-moutarde.

Je n'avais pas très faim, mais je n'ai pas
résisté tellement Élise mangeait avec un
bel appétit.

— Il faut trouver qui peut vouloir tant
de chevaux blancs, a dit Élise.

— Est-ce qu'ils sont différents des autres chevaux? a demandé Arthur.

— Non, ils ne sont pas plus fins, ni plus
intelligents. Sauf Mercure, bien entendu, a
affirmé Élise avec un petit sourire.

— Bien entendu, ai-je répété, en souriant aussi.

— Pourquoi aurait-on alors envie de voler des chevaux blancs?

— Pour un film fantastique? a suggéré Élise.

— Non, les producteurs ont assez d'argent pour faire un film sans voler des chevaux, ai-je dit.

— À moins que ce soit une équipe d'amateurs pauvres, a fait Arthur.

Élise a objecté qu'il fallait aussi de l'argent pour voler et cacher des chevaux:

— Le bandit doit avoir une écurie ou une grange pour cacher ses victimes. Et un camion pour les transporter.

— Il me semble pourtant qu'on aurait entendu ce camion s'il était venu jusqu'ici pour voler Mercure.

— Le bandit doit avoir laissé ce camion sur le bord de la route et être venu à pied jusqu'à l'écurie, a dit Arthur. Il n'y a pas d'autre solution.

— Mais comment trouver la personne

Élise jouait avec ses tresses depuis un bon moment; ça voulait dire qu'elle avait une idée derrière la tête:

— Je pense qu'on devrait aller chez M. Lemnir lui demander de nous aider à trouver le criminel. Il le verra peut-être dans sa boule de cristal.

— C'est idiot, a dit Arthur.

Élise s'est fâchée:

— C'est peut-être idiot, mais c'est mieux que rien! As-tu mieux à proposer?

J'ai défendu Arthur:

— Calme-toi, Élise. Arthur n'est pas obligé de croire à la divination. Mais si ça te fait plaisir, on ira chez M. Lemnir.

Pourtant, il a reconnu lui-même qu'il ne lisait pas dans la boule de cristal.

— Mais il m'a prédit mon avenir aux Jeux olympiques, a rétorqué Élise. Il a des visions!

Parfois, ça paraît qu'elle est plus jeune que moi, elle est encore bien naïve! Il était évident que M. Lemnir lui avait parlé de médaille d'or pour la flatter... C'est comme si on me disait que je serais un jour directrice d'Interpol! Quoique...

On a sellé trois chevaux et on est partis chez M. Lemnir.

On a sonné quatre fois avant qu'il vienne nous ouvrir.

Il semblait à la fois heureux et contrarié de nous voir. Élise lui a expliqué qu'on avait besoin de son aide pour retrouver Mercure.

— Et Pégase et Furie, a complété Arthur. On devrait peut-être attacher nos chevaux dans votre écurie. Ce serait plus prudent.

M. Lemnir s'y est opposé:

— C'est impossible, hélas! Le vétérinaire est venu ce matin et mon alezan et mon demi-sang sont malades. Je ne voudrais pas qu'ils contaminent vos chevaux.

— Pauvres grands! Qu'est-ce qu'ils ont? a demandé Élise.

M. Lemnir a soupiré:

— Un gros rhume. Les voyages les ont épuisés. Attachez les brides de vos chevaux à la barrière d'entrée, ils y seront très bien. Et vous pourrez les surveiller facilement.

On a écouté la suggestion de M. Lemnir, puis il nous a offert une limonade.

Je crois que je préfère encore qu'il nous appelle «les enfants». Quand on nous dit «les petits amis», j'ai l'impression que nous sommes à la garderie! Il y avait un clown qui était venu faire un spectacle à l'école. Il n'arrêtait pas de nous répéter qu'il était le grand-charmant-ami et que nous étions les petits-gentils-amis. Je lui aurais bien fait manger une tonne de brocoli!

Élise a raconté les derniers événements à M. Lemnir, puis elle lui a demandé d'utiliser sa boule de cristal, son pendule ou son assiette pour retrouver Mercure.

M. Lemnir a soupiré, puis il s'est levé et il nous a fait signe de le suivre dans la bibliothèque. Il a sorti son pendule et ses cartes, puis il nous a fait asseoir autour d'une table ronde. Il nous a demandé de fermer les yeux et de nous concentrer.

Il s'est mis à parler dans une langue que je ne comprenais pas, puis il s'est tu. J'ai compté jusqu'à soixante-douze avant qu'il nous dise d'ouvrir les yeux.

— J'ai vu ton cheval, un beau cheval blanc, a chuchoté M. Lemnir en regardant Élise. Ses ailes touchaient les nuages, mais Asmodée tirait sur ses sabots pour l'entraîner aux Enfers.

— Quoi? Où est-il?

— Vous allez bientôt le retrouver, tendre amie.

— Mais où est-il? a répété Élise.

M. Lemnir a pincé les lèvres, Élise semblait subitement l'énerver. Peut-être qu'il n'aimait pas l'entendre crier?

— Qu'avez-vous vu? ai-je hurlé à mon tour.

M. Lemnir s'est retourné brusquement vers moi et il m'a dit de me calmer, qu'il n'aimait pas les fillettes capricieuses.

— Andréa a bien des défauts, a rétorqué Arthur, mais elle n'est jamais capricieuse! Si vous ne voulez pas nous aider, dites-le tout de suite! Il n'y avait rien dans votre grosse boule de verre! Vous racontez n'importe quoi!

— Arthur! a gémi Élise. Ne dis pas ça! M. Lemnir a vu Mercure.

— Facile à dire, ai-je fait. On veut des preuves.

— Vous les aurez, a dit M. Lemnir avec un drôle de sourire. Vous les aurez. Maintenant, je vais faire une incantation pour

J'ai baissé la tête, mais grâce à ma frange qui me retombait sur les yeux, j'ai pu les garder entrouverts sans que M. Lemnir s'en aperçoive. Je l'ai vu étendre ses mains au-dessus de la tête d'Élise. Il regardait fixement ses tresses comme s'il ne les avait jamais vues. Je sais bien que la couleur des cheveux d'Élise est superbe, mais il ne faut pas exagérer.

M. Lemnir a marmonné quelques mots incompréhensibles, puis il a tapoté l'espèce de bijou qu'il porte sur sa chemise et il a fait claquer ses doigts:

— Les mauvaises vibrations se sont envolées. Maintenant, rentrez chez vous.

— Et Mercure? a dit Élise.

— Mercure vous reviendra avant la pleine lune.

— Avant samedi? C'est vrai?

— Je te le jure! a dit solennellement M. Lemnir.

Puis il a chuchoté quelque chose à l'oreille d'Élise. Elle a paru surprise, mais elle a souri.

Chapitre IX
Le bijou
à la pierre rouge

Nous sommes rentrés chez Élise sans rien dire. Elle était fâchée contre nous, car nous mettions la parole de M. Lemnir en

té. Je n'osais pas parler à Arthur pour ne pas envenimer les choses, mais je redoutais la soirée à venir.

Heureusement, il y avait une très bonne comédie à la télévision et Élise s'est calmée. On a mangé du pop-corn, puis on s'est couchés. J'avais l'intention d'attendre qu'Élise dorme pour aller bavarder avec Arthur, mais je me suis assoupie.

J'ai rêvé que je nageais dans une coupe en cristal pleine d'eau et que j'avais peur qu'un ogre m'avale en buvant. Et je me suis réveillée trempée: il pleuvait dans notre chambre. La fenêtre était grande ouverte. Je me suis retournée pour secouer Élise, mais elle n'était pas là. J'ai couru réveiller

Arthur et on est descendus à la cuisine. Le
jour se levait à peine.

— Élise doit être allée voir les chevaux,
a dit Arthur.

Nous avons couru à l'écurie, mais elle
n'y était pas non plus.

— Il est à peine six heures! Où peut-
elle bien être?

— Et si elle avait été enlevée? ai-je dit.

Arthur m'a serré le bras:

— Mais non! On l'aurait entendue
crier!

— Pas si on l'a bâillonnée!

— Mais pourquoi l'aurait-on enlevée?
Élise n'est pas une jument blanche!

— Eh! Attends, je crois deviner... Regarde la paille dans la stalle de Mercure.
Elle est tassée, comme s'il y avait eu un

poids. Je pense qu'Élise a dormi ici parce qu'elle s'ennuie trop de Mercure!

— Mais où est-elle maintenant?

On allait partir à sa recherche quand Arthur a vu quelque chose dans la stalle de Mercure.

— Le truc vert, là, au fond.

Il a ramassé une sorte de bijou orné d'une pierre rouge vif. Un bijou qu'on avait déjà vu tous les deux: l'escarboucle chez lui!

Malgré la pluie, on a pris les bicyclettes, car le galop de nos chevaux aurait averti M. Lemnir de notre arrivée. Tout en pédalant, on a mis notre plan au point.

Je devais frapper à la porte de M. Lemnir et lui dire que je cherchais Élise. En même temps, Arthur jetterait un caillou à la fenêtre de la bibliothèque pour y attirer M. Lemnir. J'en profiterais pour me faufiler dans la cuisine pour ouvrir la porte à Arthur. S'il y avait un pépin, je devais donner un coup de sifflet.

Notre plan était très bon.

Mais il n'a pas fonctionné.

Dès que M. Lemnir m'a vue, il a jeté

son écharpe sur ma tête et il m'a à moitié étouffée. J'ai juste eu le temps de siffler, puis j'ai senti qu'on me soulevait. J'étais terrifiée! J'ai compris que Lemnir montait les escaliers. J'espérais qu'Arthur aurait entendu mon signal et serait déjà parti chercher de l'aide.

J'ai entendu une porte s'ouvrir, puis je suis tombée par terre. Élise a crié, M. Lemnir a ri, puis la porte s'est refermée. Élise m'a débarrassée de l'écharpe de M. Lemnir:

— As-tu mal?

— Non, mais... Toi? Mais où est-on?

J'ai regardé autour de moi: des murs sombres, une ampoule nue au plafond et une fenêtre minuscule avec des barreaux. J'ai claqué des dents.

— Moi aussi, j'ai peur, a balbutié Élise. Qu'est-ce qui va nous arriver?

J'ai avalé difficilement, je préférais ne pas y penser... Mais j'ai réussi à lui dire qu'Arthur était parti chercher du secours.

— M. Lemnir est fou! a murmuré Élise. Regarde!

Elle désignait les murs: ils étaient couverts de six reproductions. Toutes représentaient la même chose: une femme et une licorne, ce cheval blanc qui a une corne

au milieu du front. Ces images très anciennes étaient dans des tons de bleu et de rouge un peu fanés.

— Comment t'a-t-il amenée ici?

— Il m'avait chuchoté d'aller dormir dans la stalle de Mercure. C'est mon cheval lui-même qui me réveillerait. Je... je l'ai cru à moitié, mais ça ne coûtait rien d'essayer. Je n'aurais jamais dû l'écouter, mais je voulais tant retrouver Mercure!

— Sais-tu où il est?

— Ici, à l'écurie. C'est pour ça que M. Lemnir n'a pas voulu qu'on y amène nos chevaux hier. Mercure aurait rué et henni en me reconnaissant. Et moi aussi!

— Mais que veut M. Lemnir?

Élise a soupiré:

— Je ne sais pas trop... Il m'a parlé d'une légende, *La dame à la licorne*. Il dit qu'il doit réunir le mercure, l'argent et l'or pour obtenir la puissance. Il dit que tout sera consommé au soleil de midi...

J'écoutais Élise en examinant les tableaux qui envahissaient le mur. Les hommes portaient les collants et les culottes bouffantes du temps du Moyen-Âge. Ils avaient tous des souliers à bouts pointus comme ceux de M. Lemnir.

— Cette reproduction est très belle, a dit Élise.

Elle désignait une belle dame qui portait un grand chapeau avec des voiles et une robe longue bourgogne. La dame parlait avec une licorne et un lion. Elle semblait amie avec ces animaux.

— Ça ne nous explique pas pourquoi M. Lemnir t'a enlevée.

— Chut, je l'entends qui revient.

pointait une grande lance vers nous, de l'autre, il tenait un vieux livre. J'ai fait un effort extraordinaire et je lui ai souri en lui disant comme j'étais impressionnée d'être chez un alchimiste.

Il s'est avancé un peu:

— Qu'est-ce que tu sais?

— Je sais que vous êtes un très grand et très sage savant. J'ai eu tort de douter de vous, Élise m'a convaincue maintenant. Elle a eu raison de venir vous retrouver.

M. Lemnir a émis un petit rire aigu:

— Oui, elle a eu raison! Elle participera au Grand Oeuvre. Regardez cette dame à la licorne; elle est le sel philosophal. Élise lui ressemble. J'ai fait venir tous les enfants du village pour trouver celle qui me manquait. Celle qui avait des cheveux de lune et d'or. Je suis le lion et Mercure sera la licorne. Ensemble nous accomplirons des merveilles!

Je ne trouvais pas qu'Élise ressemblait à la dame, mais si Lemnir le croyait, il était inutile de le contredire. Il valait mieux le faire parler et gagner du temps.

— De quelles merveilles s'agit-il, mage Lemnir?

— De la pierre philosophale!

— Où est-elle? a demandé Élise.

— Dans mon laboratoire. Bientôt, quand nos énergies auront fusionné, la pierre philosophale permettra la transmutation des métaux. Le plomb, l'airain, le fer, le cuivre seront changés en or! L'or, le métal parfait. En liquéfiant la pierre, je posséderai la panacée. Je serai éternel, je serai invisible, je pourrai me déplacer dans l'espace, dans la matière, dans l'univers.

— Vous n'avez pas peur qu'on vous vole votre fameuse pierre?

M. Lemnir a éclaté de rire:

— Tu es une pauvre petite idiote! La pierre sera en moi. Dès que la licorne sera née, je serai le Tout. Je saurai tout, je verrai tout. Personne ne pourra résister à mon pouvoir. J'ai des dizaines de cornes fondues dans mon laboratoire d'alchimie, j'ai six chevaux blancs dans mon écurie.

— Six?

— Il y a six tapisseries, il y aura six licornes. Et six dames au teint de lait. Élise est la première élue!

Il m'a semblé que M. Lemnir tenait

qu——

seule minuscule seconde. Élise l'a compris. Elle a imité la pose qu'avait la dame à la licorne sur la reproduction et elle s'est immobilisée comme si elle avait été changée en statue.

— C'est bien elle! s'est écrié M. Lemnir.

Il a tourné la tête vers Élise, je lui ai donné un coup de pied au genou. Il a hurlé, mais il n'a pas lâché sa lance. Élise s'est ruée sur lui avec l'écharpe, qui l'a à demi aveuglé. J'ai couru avec Élise hors de la pièce. Devant nous, il y avait un long couloir. On entendait les pas de M. Lemnir résonner derrière nous. Il courait très vite.

— Où est l'escalier? ai-je crié.

— À gauche! a dit Élise. Il faut que...

Elle n'a pas terminé sa phrase: elle a hurlé. M. Lemnir avait saisi une de ses tresses. Il m'a dit:

— Arrêtez-vous, sinon elle périra sous le fer de ma lance.

J'ai hurlé:

— Élise, j'entends Arthur.

M. Lemnir a tiré un peu plus sur la tresse de notre amie:

— Arthur?

— Nous sommes protégées par le chevalier Arthur de la Table Ronde. Et Merlin l'Enchanteur sera bientôt ici pour délivrer dame Élise.

M. Lemnir a poussé un cri de rage:

— Merlin n'a pas le droit de venir ici! C'est mon domaine! Je suis plus fort que lui!

— Êtes-vous capable de faire voler ceci dans les airs?

Je lui ai montré l'escarboucle qu'il avait perdue dans l'écurie.

— Merlin l'a ensorcelée, ai-je dit.

Lemnir a regardé le bijou avec stupeur et je l'ai lancé de toutes mes forces derrière lui. Il s'est retourné pour l'attraper. Il a relâché Élise. On a couru et on a enfourché la rampe d'escalier. Comme on arrivait en bas, la porte d'entrée était enfoncée par des policiers. Ghislaine a poussé un cri de soulagement en nous voyant:

— Vous êtes saines et sauves!

Élise était aussi blême que la dame à la licorne et je tremblais encore, mais nous étions vivantes! Arthur s'est précipité vers nous, tandis qu'on entendait les policiers sommer M. Lemnir de se rendre.

Il s'est enfermé dans une chambre, a ~~Ghislaine~~

— ~~Poli~~ dents! Vous, les enfants, allez dehors.

On est sortis sans discuter. Élise a couru jusqu'à l'écurie pour retrouver Mercure. On a entendu hennir le cheval et j'ai souri à Arthur.

— On avait raison de se méfier de Lemnir, m'a-t-il dit. Élise aurait dû nous écouter.

J'ai soupiré:

— Je sais. Mais on est souvent incompris...

Ghislaine est bientôt sortie, M. Lemnir marchait devant elle. J'ai eu un mouvement de recul, puis j'ai bien vu qu'il était menotté. On l'a fait entrer dans une voiture de police, qui s'est éloignée en faisant hurler la sirène. Ghislaine nous a rejoints:

— Vous êtes bien imprudents! Pourquoi ne pas m'avoir prévenue *avant* de venir ici?

— Parce qu'on était très pressés, a dit Arthur.

— Ce n'est pas une raison!

— Cet homme était vraiment fou. Il aurait pu vous tuer! Il avait un laboratoire chez lui avec un alambic, un fourneau, des tas de fioles et de poudres. Il pensait qu'il réussirait à créer une licorne en faisant fondre les cheveux d'Élise avec de la corne, du sel et des poils de la crinière d'un lion. Et quelques poudres, bien entendu...

— Il est vraiment fou, a dit Arthur.

— On a retrouvé les cornes qui avaient été volées au musée cette semaine. Et des pièces de monnaie anciennes et une fabuleuse rose en or qu'il a dû dérober aussi. Mais où?

— Au musée de Cluny, s'est exclamée Élise. À Paris. C'est le musée du Moyen-Âge où il y a eu un cambriolage récemment. C'est pourquoi oncle Édouard était en retard.

— Je veux voir le laboratoire, ai-je déclaré.

Ghislaine a encore hésité, puis elle est rentrée avec nous dans le manoir. On est descendus à la cave et on a poussé une porte.

C'était mieux que le meilleur film fantastique!

Il y avait tout ce qu'avait énuméré Ghislaine: les balances, les grandes marmites, le four, les poudres, les herbes, du mercure, des feuilles d'or. Et des dizaines de bocaux où trempaient de pauvres souris, des serpents, des tortues et des crapauds.

Il m'a semblé qu'une des tortues avait une petite excroissance au front...

Je devais être très, très fatiguée! Je n'ai pas parlé de cette petite corne à Arthur, car il dit souvent que j'ai trop d'imagination.

Mais j'ai tout raconté à Picotine, qui m'aime chaque jour davantage...